KB253408

맨얼굴

마이노리티시선 32

맨얼굴

펴낸이 배재운
펴낸이 장민성 조정환
책임운영 신은주 편집부 오정민 영업부 정연 정성용

펴낸곳 도서출판 갈무리 등록일 1994. 3. 3. 등록번호 제17-0161호
초판인쇄 2009년 5월 9일 초판발행 2009년 5월 14일

주소 서울 마포구 서교동 375-13호 성지빌딩 101호
전화 02-325-1485 팩스 02-325-1407
website http://galmuri.co.kr e-mail galmuri@galmuri.co.kr

ISBN 978-89-6195-015-2 04810 / 978-89-86114-26-3 (세트)

값 7,000원

이 도서의 국립중앙도서관 출판시도서목록(CIP)은 e-CIP 홈페이지(http://www.nl.go.kr/ecip)에서 이용하실 수 있습니다.(CIP제어번호: CIP2009001411)

맨얼굴

배재운 시집

갈무리

차례

제1부

제4부

제1부

첫눈

울타리 철망에도
건너 지붕에도
그 새
눈꽃 피어 환한 밤

야간작업 고단한 얼굴들도
환해져

뜨겁거나 애절하거나
가슴에 묻어 둔 옛 추억들
옹기종기
잠시나마 환하게 피네

밥풀꽃

지붕 위에
하얗게 핀 밥풀꽃

어디서 왔나
어쩌다 한 뼘의 땅
한 줌 흙 속에 뿌리내려
꽃을 피웠나

슬라브 지붕 한켠
켜켜이 쌓인 먼지 속에서
얄궂은 바람
억수 같은 비 맞고
모질게도
홀로 견디더니
끝내
꽃을 피웠구나

온몸으로 불꽃과 싸우는
용해공을 닮아
땀 절은 작업복 소금꽃 같은
꽃을 피웠구나

기계 소리

휘파람 휙휙 불며
쇠를 자르던 기계 소리
귓속에서 울고 있네

일 마치고
삼겹살에 소주 한잔으로
목구멍에 쌓인 먼지 털어 내고
일 얘기
조합 얘기
언성도 높이고, 걱정도 하는
술자리까지 따라와

떨어지기 싫다고
이젠 한 몸이라고
귀가 아프도록 칭얼거리네

매미

수은등 불빛 아래
밤 깊은 줄도 모르고
매미가 운다

기계에 달라붙어
밤을 잊고 사는 우릴 닮아

공단의 매미는
밤에도 운다

동행

말씨도 성격도 다른 너와 나
처음엔 참 서툴고 어색했는데
지금은 눈짓 하나
몸짓 하나로
무엇을 말하는지 알 수 있는
그런 사이가 되었구나

귀를 막고 기계 소리에 파묻혀
함께 해온 십여 년
강산도 변한다는 세월 앞에
오히려 닮아가는
말없이 이해하고 아껴 주는
그런 사이가 되었구나

아내와 아이들
가족을 사랑하는 마음이 뭉쳐
발맞추지 않아도

어깨 걸지 않아도
오직 한길
땀 흘리며 함께 가는
우리가 되었구나

난청환자 김씨

쾅쾅대는 프레스
왱왱거리는 그라인더
귀마개를 뚫고
고막을 파고들며 괴롭히던 소리가
어느 날인가부터
고분고분해지더라는 김씨

마치 북 장구 징 꽹과리가
제멋대로 시끄럽게 굴다
서로 장단 맞춰 굴러가듯
편안하게 들리더란 김씨

가끔은 너무 조용해
제풀에 놀라기도 한다지만
큰소리로 불러도 듣지 못하고
딴 일만 하다
동료들 걱정에도

젊은 관리자의 핀잔에도
씨익 웃기만 하는 김씨

귀 막고 눈 감고 참고 견뎌야 하는
노동자 나이, 오십
그 앞에서는
기계 소리도 고분고분해지는가 보다

기봉이 형

연기 자욱한 공장에서
고막을 때리는 소음 속에서
온종일 땀에 절어 살아도
일할 때가 가장 편하다는 기봉이 형

아이들 등록금
아파트 부금
교통비 학원비
컴퓨터 휴대전화
전기 요금 수도 요금

날마다 돈돈 하는
따가운 소리
얇은 월급봉투로는 막을 수 없어
두 귀 꼭꼭 틀어막고
잔업 특근 철야에 매달리는
기봉이 형

그 속 까맣게 타는 줄도 모르고
곰이라 한다

무지개꿈

해가 기울 때면
지붕 틈새로 내려온
한 줄기 햇살에
공장 안에도 오색 무지개 핍니다

뿌연 연기
먼지 알갱이들
쿵쾅거리는 프레스에 장단 맞춰
훨훨 무지개 타고 춤을 추면

하루 생산량을 채워야 하는
눈코 뜰 새 없이 바쁜 가슴에도
행복한 미래를 소망하는 꿈이
오색 무지개 하나 그립니다

날카로운 기계소리 뿌연 먼지 앞을 가려도
오색 무지개 피는 작업장

가만히 살펴보면
언제나 희망을 놓지 않는 꿈들이 살아 있어
아름답기도 합니다

밤일

개구리 한 마리
작업장에 들어와 두리번거린다

대낮처럼 훤하게 불 밝히고
앙앙 울어대는 기계 소리가
몹시 궁금했는지
데굴데굴 눈알을 굴리다
빤히 나를 쳐다본다

넌 왜 우니?

늘 하는 다짐

바닷가로 놀러 가자는
아이들 성화도
시원한 물가에서
하루쯤 쉬고픈 유혹도 물리치고
특근하는 일요일

굵은 땀방울이
비 오듯 쏟아지는 한낮

바람 한 점 없는
쌩쨍한 하늘 힌 번 흘겨보다
비나 좀 오지 중얼거리다
다음 주에는
꼭 쉬어야지 다짐하다가
또 특근 신청을 하는……

희망꽃

먼 산에 진달래 피기 전에
울타리 개나리도 피기 전에
잿빛 작업복에
소금꽃 먼저 피었네

장미가 시들어도
노란 은행잎이 떨어져도
지지 않는,
땀방울 먹고
용광로 불꽃처럼 살아
밥이 되고
옷이 되고
아이들 웃음도 되는 꽃

저 꽃 피우다
내가 먼저 지고 말
가슴 시린 희망꽃

속절없이
오늘도 꽃은 피고, 피네

괜찮은 거야

건강검진 받는 날
쭈욱 한 줄로 서서 키 재고 몸무게 재고
시력검사 청력검사
설렁설렁 꼬리 물고 지나다 보면
마지막에 청진기 들고 앉아 있는 의사 선생님
어디 불편한데 없느냐고 묻는다
요즘 와서
가슴이 답답하고 목이 자주 아프다 하니
아직은 괜찮으니 담배 끊고 술 많이 먹지 말고
운동 열심히 하라 하신다

마스크도 소용없는
유기 용재 페인트 가루에 취해
휘청거리다
어느 날
갑자기 말라 버린 길가의 소나무처럼
아무도 모르게

시름시름 시들어 가는 것은 아닐까
불안하던 마음
애써 털어 내 보는데

아직은 괜찮다니
그래,
괜찮은 거야

먼지를 털다가

사람도 기계도 지쳐
허우적거리는 한여름 오후
선풍기에 쌓인 먼지
막대기로 툭툭 털어 낸다

한 철도 안 지나
까맣게 찌들은 선풍기
힘없이 빌빌 하는데
수많은 날들
쉴 새 없이 빨아들이고 걸러 내는
몸속 허파는 어떠할까

분해하고 닦아 내면
파랗게 되살아나는
선풍기 날개처럼
깨끗해질 수 있다면 얼마나 좋을까

먼지를 털어 내듯
가슴을 툭툭 두드려 본다

몸살

밥통은 달랑달랑
시계는 째깍째깍

머리는 지끈지끈
꿈속은 오락가락

조금만
조금만 더
이불자락을 잡고 버텨 보는
팽팽한 갈등

쉬고 싶은 마음 굴뚝 같아도
별이 총총한
출근길
발걸음도 총총

제2부

벌써

밤을 꼬박 새우고
퇴근하면
좋아라 매달리는 아이들
억지로 뿌리치고
잠을 청했다

야간 일 하는 주마다
늘 되풀이되던 실랑이
어제 일 같은데
이젠 알아서 발소리 죽이고
텔레비전 소리 낮추는 아이들

한 번 안아 주고 싶어도
다 커 버린 아이들

아내

용돈 좀 벌어야겠다고
서너 달만 일해 보겠다며
공장에 나가는 아내
작업장이 지하실이라 공기도 나쁘고
팔이 아파 못하겠다며
그만둔다 그만둔다 하더니
자고 나면 또 출근한다

아이들 학원비도 벌고
고물 냉장고도 바꿔야겠다고
조금만 더 다닌다더니
아이들은 커 가고
남편 직장마저 불안해지니
그만 둘 수도 없는 아내

팔 아프다 다리 아프다
끙끙대는 게 안쓰러워

당장 그만두라고 큰소리치면
남들도 다 하는데
나도 벌어야 한다며
오늘도 공장에 나간다

생일 선물

아빠 월급 나왔어요?
아빠 월급 언제 나와요?
며칠째 묻는 초등학교 다니는 딸아이

생일이 다 되어 가는데
아빠 돈 없으면
생일 선물 못 살까 봐 그런다며
다른 아이들은
친구들 초대해서
피자와 햄버거도 먹고
선물도 사주는데
아빠 돈 없어서 그건 안 되겠고
짜장면 한 그릇만 사 달라 한다

아이의 꿈은
자꾸 작아지고……
내 타는 속은 새까만 짜장이 되고

걱정 한 그릇

엄마를 기다리던 아이들
새까만 눈동자가 반짝인다

조금만 더 기다릴까
한 번 해볼까

한참을 망설이다
가스레인지에 불을 붙인다
처음 하는 두려움

가슴은 콩당콩당
냄비는 달그락 달그락

보글보글 라면 한 그릇
잔업하며 가슴 졸이는
엄마 걱정도 한 그릇

일기예보

비가 올 줄 알았는데
오질 않는다고
어깨 껴안고 만지며
고개 갸웃거리던 아내
강원도 쪽에 많은 비가 내렸다는
텔레비전 뉴스에
고향이 그쪽이라
이젠 강원도 날씨까지 알아 맞춘다고
너스레를 떤다

가난한 사람끼리 만나
가난을 벗어 보겠다고
아등바등하던 것들이 골병이 되어
한창 나이에도
몸으로 날씨를 알아 맞추는 아내

뜻 없는 우스갯소리가

가슴 한 쪽을 쑤셔 오는
오늘 같은 밤이면
내 고향에도 아마 비가 내릴 게다

이런 날은

밀린 집안일에 매달려
일요일도
마음 편히 쉬지 못한 아내
끙끙 몸살 앓는 소리를 낸다

꼬맹이들도 걱정되는지
슬며시 다가가
팔 다리 주무르고
토닥토닥 어깨 두들기고

저 조그만 손이
무슨 보탬이 될까마는
애고 잘한다
애고 시원하다 노래하며
아내는, 아이들과 눈을 맞춘다

고사리 손이 약이 되어

도란도란 밤이 깊어 가는
행복한 날
마음 찡해
소주 생각도 나는 날

벌초

천성이 물러 다부지지 못한 자식
생전에 늘 걱정이시더니
아직도 마음 놓지 못하시는가

끝도 없이 돋아나는, 저 풀들

쉬는 날

방문 앞에 거미 한 마리

잡을까
말까
망설이다 그냥 둔다

오늘은 왠지 여유롭다

티격태격하는 아이들 소리
마누라 바가지도
귀에 익은 음악처럼 감미롭다

옛날

고만고만할 때 객지로 흩어져
고만고만하게 사는 친구들
오랜만에 모였다
서로의 안부야 얼굴만 봐도 알 수 있는 것
맵고 짠 얘기 애써 피하고
서둘러 어릴 적 추억 속으로 들어간다

밤늦게 동네 배꾸마당에서 놀다
방동할매 대나무 작대기에 혼쭐나던 얘기
썰매 타다 물에 빠져 언 발 녹이려다
나일론 양발 태워 먹은 얘기
수박 서리 참외 서리
누가 먼저 부추기고 먼저 도망갔는지
생생하게 끄집어내며
연 날리던 언덕을 넘어
소 먹이던 벌판으로 달려간다

개구쟁이 아이 같이
티격태격 씨름하다 킥킥거리며 웃다가
해가 저물어도
일어나잔 소리는 못하고
자주 만나자는 약속만 자꾸 한다

식목일에

아이들이 가꾸는 봉숭아 화분에
은행나무가 한 뼘이나 자라 있다
반찬값이나 벌어 보겠다고
아내가 껍질 벗겨 납품하던 은행 가운데
상품 안 된다고 골라 버린 것이
용케도 싹을 틔웠나 보다

그 부실한 것이
쑥쑥 자라
어느새 화분이 비좁다
내 땅에서 농사짓고
나무 키우는 게 꿈이었는데
아직도 이놈 옮겨 심을 곳 없으니

비좁은 화분을 보면
내 마음도 갑갑해
뒷산 어귀에 옮겨 심는 날

멋모르는 아이들
식목일 날 산에 나무 심으러 간다고
좋아라 먼저 나선다

닮지 마라

용돈이 궁한 아이
광고지에 끼어 있는 무료 쿠폰처럼
연필로 몇 장 그려
엄마 생일 선물로 대신했다

설거지 무료 이용권
안마 무료 이용권
빨래 개비기 무료 이용권

부도날 위험이 다분한 약속어음 같은
속이 뻔히 보이는 외상 선물
그것도 사랑이라 여기며
흐뭇해하는 아내에게
오늘은 왠지 미안하다

여태껏
뭐 하나 변변하게 해준 것 없이

올해도
말로만 때워야 하는
궁색한 내 모습

아이야 그건 닮지 마라

한낮

햇살 쏟아지는 한낮
참새가 날아왔다

한 마리 두 마리
대여섯 마리는 되겠다
뭐 먹을 게 있을 거라고
손바닥만한 마당을 살피고
화분을 기웃거리며
망설이다
가까이 점점 더 가까이

저놈이 ……

겁이 없다
얼굴만 찡그려도
놀라 후다닥 달아나더니
영악한 아이처럼

벌써 내 마음 읽은 것일까

야근 하는 날이면
한참을 자고 나도 한낮
하루 이틀
슬쩍 슬쩍 눈 겨루기 하다
그냥 슬쩍 동무가 되었다

밴댕이

여수 향일암 다녀오는 길에
아내가 사온 곰삭은 밴댕이젓
저녁상에 올랐는데

남해 바다 푸른 파도 내음과
전라도 아낙의
후한 인심이 넘쳐 나와
상이 가득하다

속 좁은 인간들 입방아에
속상한 밴댕이
가슴을 열었나 보다

맨얼굴

면도를 하고 거울 앞에 서면
평소에 잘 보이지 않던
작은 흉터나
잔주름은 더 또렷해지지만
그래도 말끔한 얼굴이 좋다

젊은 날의 탱탱한
활기찬 모습은 아니더라도
조금은 그늘진
살아온 이력이 그대로 붙어 있는
얼굴

맨얼굴이 나는 좋다

강가에서

모래 한 줌 쥐어 본다
손아귀를 빠져나가는 부드러운 느낌
가슴 깊숙이 사르르 밀려온다
이 한 줌
이 모래 한 알도
오래 전에
어느 산 어느 골짜기
당당히 서 있는 바위이고 싶었을 것이다
세월에 부대끼며
깨어지고 부서지고, 밀려다니다
가슴 가득 품은 열정이나 욕망 같은 것
조각조각
생살을 도려내는 아픔으로 떨구고야
마침내 가진 것 하나 없는
거침없는 자유를 얻었을 것이니

반짝이는 모래 위에 서서

눈을 감는다

그래, 그런 거야
바람 부는 들판에서
태산처럼 우뚝 서고 싶은 맘 같은 건
다 버리고 가는 거야

영글지 못한 꿈
하나 둘 내려놓고

봄꿈

온몸이 찌뿌듯하다

간밤에 무슨 일이 있었나
헝클어진 꿈속 들여다보니
나도 참 딱하다
직업은 못 속인다더니
밤새 일에 쫓겨 허둥대는 꿈만 꾸었다

노곤한 아침
꿈결처럼 들려오는
시작종 소리에
울타리 개나리꽃도 노랗게 피었다

어른 대접

새파란 나이에 시작한 공장 생활
봄이 오는지 가을이 가는지도 모르고
일만 하다 보니
어느새 형님보다
아재 영감 소리 듣는 고참이 되어 있다

아직은 팔팔한데
아직은 한참 벌어야 하는데

나이 많고
일당 많은
고참 먼저 드시라고
희망퇴직 명예퇴직 한 상 차려 놓고

길들이기

잎을 떨군 가로수
가지가 잘리고 있다
시멘트 블록 사이
근근이 뿌리박고
혼신을 다해 가지를 키우다
겨울이 오면 사정없이 잘린다

주는 만큼 먹고
원하는 만큼 자라야 한다
주는 만큼 받고
시키는 대로 일해야 한다

너무 크면 안 된다
고개 치켜들면 더욱 안 된다

가위질 공포에
공단길
가로등도 고개 숙였다

야식 시간

처음 입사했을 때
식판 가득 고봉으로 담은 밥
뚝딱 해치우고도 모자랐는데
한 이십 년
야근하다 보니
이젠 굶어야 속이 편하다
쇠로 만든 기계도 닳아
고장 나는데
제 수명 갉아먹는다는 야간작업
위장인들 무사할 수 있겠는가

자정을 알리는 종소리 따라
우르르 달려가
후다닥 밥 먹고
종이 박스 위에 아무렇게나 누워
토막잠 자며 지나온
수많은 날들

쓰린 속 달래며
눈을 감아도
이래저래 잠은 오지 않고

딱지

어릴 때 딱지치기는
따고 잃는다는 것보다
동무들과 어울려
재미있게 놀 수 있어 그냥 좋습니다

처녀 총각 때에는
딱지 맞을 수도 딱지 놓을 수도 있습니다
겉모습이나 배경에 따라 조금은 불공평하지만
그래도 꿈꾸는 미래와
불꽃 튀는 정열이 있어 괜찮습니다

하지만, 어느 날부터인가 이마에
노동자라는 딱지가 붙게 되면
처음에는 어느 훈장처럼 빛나 보이다
나이 들면 점점 그 빛이 바래
한평생 짊어지고 가야 할
벗을 수 없는 멍에가 되기도 합니다

이쯤 되면
딱지 놓을 수도 없습니다

어떤 덕담

일용직 재수는 이름처럼 재수 좋아
정식 사원으로 발령이 났다고
반원들 모여 축하 인사를 한다
사람은 줄을 잘 서야 한다고
같은 일용직이라도
원청으로 들어왔으니 다행이지
아니면 헛일이라고
하청 고참 만수는 이름만 반장이지
맨날 원청 뒤치다꺼리만 한다며
참 잘된 일이라고
쑥덕쑥덕 입을 모은다

한솥밥 먹고 같은 일 하고
같은 문으로 출퇴근하면서도
줄서기에 따라
원청과 하청으로
정규직과 비정규직으로 가려지고

일의 무게와 대우가
반비례하는 갑갑한 현실에
쑥덕쑥덕
덕담도 눈치를 본다

퇴근 시간

통근버스 타고 출퇴근하던 시절
포장마차에서
잔디밭에서
막걸리 한 사발에
쇳가루 털어 내며
서로 위로하며 마음 나누던
그땐, 사람 냄새 물씬 났다

언제부터인가
통근버스 사라지고
자가용이 줄을 서더니
속 터지는 일 생겨도
우리 서로
마음 나누지 못하고
따로 따로만 굴러간다

바람 쌀쌀한

퇴근길
막걸리 한 사발보다
따끈한 어묵 국물 한 종지보다
사람이 그립다

가슴만 뛰고

야식으로 오곡밥이 나온 걸 보니
오늘이 정월 대보름인가 보다

달집 별집 만들며
불장난하던 어린 시절
공부 잘하게 해 달라
달님께 절하고 소원 빌며 보라는
어른들 말씀에
부끄러워 가슴 뛰었던 생생한 기억들……

중천에 뜬 달을 본다

공장 잘 돌아가길 바라는
간절한 마음
부끄러울 것도 쑥스러울 것도 없건만
그때처럼 가슴만 뛴다

일거리 줄어
야간작업도 없어지고
절반은 쫓겨난다는 대책 없는 소문에
달빛마저 어지러우니

버스를 기다리며

가로수 가지치기가 한창이다
희망에 부풀어
봄을 기다리던 은행나무 가지
사정없이 잘린다

가위를 든 사람 눈에 곁가지로 보이면 끝이다

잘린 가지에 붙은
올망졸망한 눈들이 애처롭다
놀이 공원도 가고
피아노 학원에도 다니고
공부 열심히 하겠다던
아이들 말간 눈도 갑자기 불안해진다

언제 불어 닥칠지 모르는 감원 바람
그들의 눈에
곁가지로 보이지는 않을까

획, 지나가는 바람에도
은행나무 부르르 몸을 떤다

줄 게 없다

가만있어도 줄줄 흐르는 땀
시도 때도 없이
달려드는 모기
여기저기 퍽퍽 제 몸을 두들긴다

모기한테 줄 피가 있기나 한가

파리한 수은등 아래
쩍쩍 달라붙는 작업복
벌건 눈으로 날밤을 새워도
한 발 한 발 다가오는
고용불안
모기한테 줄 피가 어디 있나

하루하루 피가 마르는데

시소게임

열이 일곱으로
일곱은 다섯으로
백은 이백으로
이백은 삼백으로

사람은 줄고
생산량은 올려야 하고
물가는 뛰고
월급은 제자리

부자들이 흥청이면
서민들은 허리띠를 졸라매야 한다

올라가면 내려오고
내려오면 올라가야 하는데
기울어진 채
움직일 줄 모르는

손톱

남들이 볼까 부끄러워
감추던 손
멍들고 찢어진, 까만 손톱을 깎는다
평소엔 잘 모르지만
다쳐 보면 안다
이 못생긴 손톱이 얼마나 소중한지

누구나 쉽게 돈 벌려는
요즘 같은 세상에서
이 못난 손톱의 노고를 누가 알아주겠냐마는

있는 듯 없는 듯
제자리를 지켜온 못난 손톱
돌이켜 보면
이 공장 구석구석
그 정성 닿지 않은 곳 어디 있으랴

제 할 일 다 하고
잘려 나가는
나를 닮은 못난 손톱

알고 보면

야간 일에 길들여져
잠 오지 않는 밤
하릴없이 귀뚜라미 소리에
귀 기울이다
창문을 두들기는 바람소리 저쪽
비명을 지르는 구급차 소리에
나도 모르게 가슴 덜컥하다
잠잠해지면
꼬리에 꼬리를 무는 생각들

공장 생활 이십여 년
지나간 시간들이 소용돌이치며
아득히 멀어졌다
또렷해지다가
지워지고 되살아나는
오늘 같은 밤이면
북적거리는 이 도시에서도

외딴섬에 홀로 남은 것처럼 불안해진다

깊은 밤
깨어 있을수록 커지는 이 불안감은
오래도록 맘속 등대였던
공단의 불빛이
내 안에서 사라진 때문인지 모른다

희망 찾기

눈이 침침하다
아직 나이 사십 줄인데
바늘귀는 물론이고
신문도 그냥은 읽을 수 없다
빠듯한 월급으로
코앞만 바라보고 살아왔는데
이젠 그마저도 보이지 않는다

평생지기라 믿었던
직장도 헛일이 되었는데
지금 와서
젊은 날 품었던 꿈과 야망을
들춰본들
무슨 소용 있을까마는

다시금
안경 도수를 올려 본다

버릇

올 들어 가장 춥다는 날씨
총총 빛나던 별도 움츠리다
종종 사라졌다

가끔 창문을 때리는 바람소리
아내 코고는 소리
유난히 크게 들리는 깊고 깜깜한 밤
일자리 찾아다니다
몸은 녹초가 되었건만
쉬 잠은 오지 않는다

버릇처럼
내 잠재의식 한편에서는
오늘도 야간작업에 쉴 틈이 없나 보다

제4부

까치집

전봇대 위에 집을 지은
까치는
타다다 타다다
속이 탄다

이곳저곳 고르고 살피다
겨우 둥지를 틀면
또 다시
뜯기고 부서지는 보금자리

이 공장 저 공장
어디에도
뿌리 내릴 수 없는
나처럼

바삭바삭 속이 탄다

사오정

나를 부르는지
나 여기 있다는 건지

알 수 없는
알 수 없는 메아리

일요일도
공휴일도 아닌데
산을 찾은

갈데없는
내 모습 같기도 하고
옛 동료를 닮은 것 같기도 한
중년 사내

한참 일할 시간이라
일삼아 소리치는지

일삼아 귀 기울이는지

웅얼웅얼
알 수 없는 소리
웅얼웅얼
알 수 없는 대답

주) 사오정 : 사십 오세가 사기업 정년이라는 항간의 속설

풍년가

비가 옵니다
또 비가 쏟아집니다

물이 자불자불한 나락 논에
밀려드는 벌건 황톳물
허수아비도 놀라 허둥대고
물새도 안타까운 듯
끼룩끼룩 하늘을 쳐다봅니다

해마다 되풀이되는 물난리
그래도 가을이 되면
쌀이 남아돌아
풍년이라 노래합니다

물난리에 수입쌀에 쓰러져 가는
농촌도
신자유주의 물살에

하청으로 일용직으로 밀려나는
노동자도
모두 못살겠다 아우성인데 ……

불나비

크고 빛깔 좋은
먹음직스런 사과
농약 묻은 껍질은 버려야 한다고
껍질 속에 많다는 영양분
다 깎아 버리고
허연 속살만 먹는다

밭둑에 흩어진 농약병 비료 포대
어느 농부가
농약 치다 병원에 실려 갔다는
뉴스도 무덤덤하게
빛깔 좋아
비싸게 산 사과
빛깔 좋은 껍질은 푹푹 깎아 버리고
허연 속살만 먹는다

모닥불 속으로 달려드는

불나비처럼
번지레한 겉모습에 홀려 사는
우리는

미실할매

새벽까치 소리에
마음이 싱숭했나
미실할매
서리 솟은 마당에 발자국이 어지럽다

할아버지 먼저 보내고
같이 살자 조르는
대처 사는 아들딸 다 뿌리치고
토담집 지키며
혼자 사는 미실할매

불쑥 찾아오는 그리움은
어쩔 수 없어
새벽부터 마음잡지 못하나

먼저 간 영감 생각
아들 딸 오순도순 모여 살던

그때를 생각했을까
댓돌 위
흰 고무신에도 이슬이 맺혔다

마령재

높은 하늘이었을까
여물어 가는 가을빛이었을까
쉬 넘지 못하고
쉬어 가는 고갯길

고추밭에
빨간 고추잠자리 따라
종종 뛰노는 아이들을
언제부터인지
하염없이 바라보고 있는
할아버지 한 분

산 아래
마을은 아득한데
아이들 소리 반가워서
그냥 올라와 봤다고
오랜만에 아이들 구경한다고

혼잣말처럼 중얼거리며
아이들만 바라보네

삐알밭에 고추도
할아버지 눈시울도
붉어만 가는 마령재
서산에 노을이 질 때까지
그냥 그렇게 있었네

주) 마령재: 경남 합천 소재

다랑논의 노래

까치밥이 정겹던 감나무에
멧비둘기 소리 쓸쓸하고
기울어진 처마 끝에 옥수수 두어 자루
제 몸을 흔들어
기약 없는 시간을 재는,
개방이 쓸고 간 산골은
무덤처럼 고요합니다

땀방울로 일궈 놓은 산밭은
잡초 속에 묻힌 지 오래고
이젠, 수천 년 우리 겨레를 지켜 준
생명줄인 저 들녘마저 위태롭습니다

지구는 날로 뜨거워지고
자연재해는 늘어만 가는데
어리석게도
눈앞의 미끼에 눈먼 붕어처럼

우리는,
우리의 생명 줄을 놓으려 하고 있습니다

우리 쌀을 지키자는
한결같은 마음
칡넝쿨과 억새들이 차지한 다랑논에서는
바람도 쌀 쌀 하고 붑니다

삼술이

남의 논도 부치고
밭떼기 얻어
배추 심고
농협 빚 내서 소도 키우던
일보태기 삼술이

몇 해 걸친 풍년에도
찌들어만 가는 살림살이
못 살겠다 푸념하던
마누라 집 나가고
몇 날을 술로 지새다
농약병 들고
배추밭에 나간 삼술이

들녘에
서리 허옇게 내리고
소복 입은 배추
상주 되어 곁을 지키고

효자 마을

선산 아래 사는 먼촌 아재
동네 청년들이 경노잔치를 여는데
성의를 봐서 늦지 않게 가야 한다고 서두신다

빈집도 더러 보이는 이십호 남짓한 산골 마을
아직도 젊은 사람들이 많이 남아 있나 했더니
나이가 좀 묵었는데 한 육십 될 끼라 하신다

젊은 사람 다 떠나고 없으니
일흔 넘은 노인 위해
환갑 묵은 청년이 벌이는 위안잔치
장구소리 웃음소리
담장을 넘어오건만 왠지 씁쓸하다

저분들마저 떠나고 나면
금세 저 무성한 풀숲에 묻힐 것만 같은

고향은

까치 우는 소리에
목을 빼어도
지나가는 그림자 하나 보이지 않고
허물어진 돌담 위 무성한 잡초만
바람결에 웅얼거린다

개방이다
세계화다
허울 좋은 구호들이 쓸고 간 자리

도시로 공장으로
꼼짝없이
아들딸 손자 모두 빼앗기고
늙은 농부와 빚더미만 남았다

아귀

물고기 중에 아귀란 놈이 있다
이놈의 배를 갈라 보면
새우 낙지 오징어 조기 돔 게 소라 하며
놀랍게도 아귀새끼까지 들어 있다
보이는 대로
거칠 것 없이 집어삼킨 걸 보면
아귀라 할 만하다
지구상에 제 종족 잡아먹는 게
아귀뿐만 아닐 것이다
있는 놈이 더 설쳐대고
평생 먹고 남아도 악착 같이 끌어 모으는
사람 사는 꼴도 꼭 아귀 같지 않는가
먹을 게 있다면 어디든지
큰 입을 쩍 벌리고 달려드는 아귀,
아귀들

오뉴월에도

여기, 장경각 앞에 서면
오뉴월에도 서늘한 바람이 일어
오소소 가슴 떨려온다

그 옛적, 이 땅을 침략한 몽골의 창검에
가족이 흩어지고
지어미가 끌려가고
지아비가 도륙 당한 힘없는 백성들
그 원통 애통함을
한 자 한 자
산벚나무 돌배나무에 새겼으니
땀과 눈물로 새겼으니
그 한스러움
지금도 시퍼렇게 살아 있으니

외세를 물리치고
자손만대 평화를 바라던 그 마음

팔만사천법문에 새긴 그 염원
이루지 못해
잠들 수 없는 고려의 혼이 토하는
시린 숨결들

아! 여기, 해인사 장경각에는
오뉴월에도 찬바람이 이는구나

맨얼굴이 좋다

이응인(시인)

멀쩡한 허우대에 비해 퍽이나 순진한 표정을 지닌 배재운 형. 좀체 화를 낼 줄 모르는 사람 좋은 배재운 형. '천성이 물러 다부지지 못하'다고 스스로 고백하는, 그래서 고생을 사서 할 것 같은 배재운 형. 〈객토문학〉 동인인 형을 만난 것도 그럭저럭 십여 년이 되어간다. 그 동안 동인들의 시집이 꾸준히 나왔는데 형 시집만 안 나왔다. 시집 묶을 때 안 됐느냐 물으면, "뭐, 시집까지나." 하며 겸손을 부리던 형이 재작년부터 시집 묶을 준비를 한다는 소식을 들었다. 어쨌거나 나는 재작년, 작년, 이번까지 형의 원고를 세 번이나 보는 행운을 가졌다. 드디어 형의 시집이 나온다. 형의 천성대로 오래 매만지고 망설이다 내민 첫 시집이다.

시는 부지런히 일하는 사람의 자기 표현이고 스스로의 삶을 바꾸어가는 힘이다. 지나치게 '언어 표현'이나 '새것'이나 '남다름'에 방점을 찍는 시는 의심스럽다. 문학주의라 부를 만한 이런 태도는 시를 우리 삶으로부터 소외시킨다. 뭔가 새롭고 남다르게 꼬아서 시를 하나의 독특한 상품으로 만들어 독자들의 소비 욕구를 부추긴다. 독자는 끊임없이 새 물건을 사러 백화점으로 빨려들어 카드를 긁어대는 쇼핑 중독 환자를 닮아간다. 문학주의로 화려하게 포장된 새 상품들보다는 일상에서 공감을 나누는 쉬운 시들이 훨씬 가치롭고 소중하다. 배재운 형의 시는 노동자의 일상에 바탕을 두고 있다. 쉬우면서 '참 그렇구나.', '나도 그런 생각인데.' 하고 공감하게 만든다. 목에 힘을 빼고, 멋을 부리지도 않은 채, 형답게 쓴 시다.

1) 공장, 고단한 노동의 나날

연기 자욱한 공장에서
고막을 때리는 소음 속에서
온종일 땀에 절어 살아도
일할 때가 가장 편하다는 기봉이 형

아이들 등록금
아파트 부금
교통비 학원비

컴퓨터 휴대전화
전기 요금 수도 요금

날마다 돈돈 하는
따가운 소리
얇은 월급봉투로는 막을 수 없어
두 귀 꼭꼭 틀어막고
잔업 특근 철야에 매달리는
기봉이 형

그 속 까맣게 타는 줄도 모르고
곰이라 한다

―「기봉이 형」 전문

공장에서 죽어라 일에만 매달리는 '기봉이 형'은 아주 가까운 우리 이웃의 모습이고, '재운이 형' 자신의 모습이기도 하다. 사는 게 그냥 눈에 선하게 그려진다. 돈 들어갈 구멍만 생각하면 앞이 꽉꽉 막혀올 때, 그럴 때는 '온종일 땀에 절어' 일하는 게 '가장 편하다'. 남들이야 '그 속 까맣게 타는 줄' 어찌 알겠나. '다음 주에는 / 꼭 쉬어야지 다짐하다가 / 또 특근 신청을 하는'(「늘 하는 다짐」) 고단한 노동의 나날은 기봉이 형이나 재운이 형 개인의 삶에 머물지 않고 노동자들의 일반

화된 삶으로 와 닿는다.

　배재운 형의 시에는 '먼 산에 진달래 피기 전에 / 울타리 개나리도 피기 전에 / 잿빛 작업복에 / 소금꽃 먼저'(「희망꽃」) 핀다. 작업복의 소금꽃과 함께 공장의 기계 소리가 늘 그를 따라 다닌다. '쇠를 자르던 기계 소리'가 '술자리까지 따라와' '귀가 아프도록 칭얼거'리기도 한다(「기계 소리」). 한여름 더위에 지쳐 빌빌거리는 선풍기도 남이 아니다. '수많은 날들' 쉬지 않고 노동을 해왔다는 점에서, 지금은 '힘없이 빌빌'거린다는 점에서 선풍기와 그는 닮았다. '분해하고 닦아 내면 / 파랗게 되살아나는 / 선풍기 날개처럼' 그의 허파도 '깨끗해질 수 있다면 얼마나 좋을까'(「먼지를 털다가」).

　어디서 날아왔는지 '슬라브 지붕 한켠 / 켜켜이 쌓인 먼지 속에' 하얗게 꽃을 피운 밥풀꽃도 금방 그와 동일시 대상이 된다. '얄궂은 바람 / 억수 같은 비 맞고 / 모질게도 / 홀로 견디더니 / 끝내 / 꽃을 피'운 모습은 '온몸으로 불꽃과 싸우는' 그와 닮았다. 그래서 밥풀꽃은 '땀에 절은 작업복 소금꽃 같은' 꽃이다. 이처럼 노동 속에서 건져올린 배재운 형의 노래는 술자리까지 따라와 칭얼거리는 '기계 소리'이고, 그가 피워 올린 꽃은 땀에 절은 작업복에 수 놓은 '용접 불꽃'이다.

2) 해고 불안, 사람이 그립다

통근버스 타고 출퇴근하던 시절
포장마차에서
잔디밭에서
막걸리 한 사발에
쇳가루 털어 내며
서로 위로하며 마음 나누던
그땐, 사람 냄새 물씬 났다

언제부터인가
통근버스 사라지고
자가용이 줄을 서더니
……(중략)……

바람 쌀쌀한
퇴근길
막걸리 한 사발보다
따끈한 어묵 국물 한 종지보다
사람이 그립다

— 「퇴근 시간」 일부

세월이 바뀌어 통근버스를 기다리지 않고 편리한 자가용

을 타고 다닌다고 해서 삶이 더 행복해졌는가? '쇳가루 털어
내며' '마음 나누던', '사람 냄새 물씬' 나던 시절이 사라졌다.
이제 '속 터지는 일 생겨도' 서로 '마음 나누지 못하고 / 따로
따로만 굴러간다'. 자가용이 가져다 줄 것 같았던 풍요와 행
복은 가짜였다는 걸 이제야 깨닫는다. '바람 쌀쌀한 / 퇴근길
/ 막걸리 한 사발'도 그립지만, '따끈한 어묵 국물 한 종지'도
생각나지만, 그보다도 '사람이 그립다'. '한솥밥 먹고 같은 일
하고 / 같은 문으로 출퇴근하면서도 / 줄서기에 따라 / 원청
과 하청으로 / 정규직과 비정규직으로 가려지고 / 일의 무게
와 대우가 / 반비례하는 갑갑한 현실'(「어떤 덕담」)이니 누구
를 붙들고 답답한 마음 시원히 풀 수 있을까?

　자고 일어났는데도 '온몸이 찌부듯하다'. '간밤에 무슨 일
이 있었나' 하고 '헝클어진 꿈속 들여다보니', '밤새 일에 쫓겨
허둥대는 꿈만 꾸었다'(「봄꿈」). 그에게는 봄꿈조차 황홀하고
아름다운 장면 대신 일에 쫓겨 허둥대는 꿈으로 차 있다. 이
러한 강박 관념의 바닥에는 해고에 대한 불안이 똬리를 틀고
있다.

　어느 겨울날, 그는 공단으로 가는 버스를 기다리다 가로수
가지치기 작업을 보게 된다. '희망에 부풀어 / 봄을 기다리던
은행나무 가지 / 사정없이 잘린다'(「버스를 기다리며」). '가위
를 든 사람 눈에 곁가지로 보이면 끝이다'. '잘린 가지에' '올

망졸망한 눈들'은 '놀이 공원도 가고 / 피아노 학원에도 다니고 / 공부도 열심히 하겠다던 / 아이들 말간 눈'과 겹친다. '잘린다'는 것만으로도 은행나무 가지와 그 자신은 금세 동일시된다. '주는 만큼 받고 / 시키는 대로 일해야' 하지 '고개 치켜들면 더욱 안 된다'(「길들이기」)며 공포에 떤다. 그는 손톱을 깎으면서도 '제 할 일 다 하고 / 잘려 나가는 / 나를 닮은 못난 손톱'(「손톱」)을 의식하고, 자신과 동일시한다. '이 공장 구석구석 / 그 정성 닿지 않은 곳 어디 있으랴'에 이르면 '못난 손톱'은 반어다. '멍들고 찢어진' 흔적이야말로 '이 못생긴 손톱이 얼마나 소중한지'를 반증하고 있는 셈이다.

해고의 불안과 공포는 '희망퇴직'이나 '명예퇴직'이란 이름으로 눈앞에 다가온다. 가위를 든 자가 잘라내면서 '희망'이니 '명예'란 수식어를 붙이는 건 언어에 대한 심각한 폭력이다. 그는 '봄이 오는지 가을이 가는지도 모르고 / 일만 하다' 어느새 '아재 영감 소리 듣는 고참이 되'었다. 고참 대접한다고 '고참 먼저 드시라고 / 희망퇴직 명예퇴직 한 상 차려 놓'(「어른 대접」)았다. '어른 대접'도 이 정도이면 참혹한 아이러니이다. 희망도 없고 명예롭지도 못한 퇴직이 이렇게 다가왔다.

이러한 현실에서 희망퇴직을 선택한 그에게는 또다른 걱정과 불안이 꼬리를 문다.

야간 일에 길들여져
잠 오지 않는 밤
……(중략)……
꼬리에 꼬리를 무는 생각들

공장 생활 이십여 년
지나간 시간들이 소용돌이치며
아득히 멀어졌다
또렷해지다가
지워지고 되살아나는
오늘 같은 밤이면
북적거리는 이 도시에서도
외딴섬에 홀로 남은 것처럼 불안해진다

─「알고 보면」 일부

　　공장 생활을 접고 나온 그에게는 '꼬리에 꼬리를 무는 생각들'만 기득히다. 보장된 내일이 없다는 데서 오는 불안이다. 북적거리는 도시의 밤은 그를 '외딴섬에 홀로 남은 것처럼 불안'히게 만든다. '이 불안감은 / 오래도록 맘속 등대였던 / 공단의 불빛이 / 내 안에서 사라진 때문인지 모른다'. '사람이 그립다'고는 하지만, 공장에서는 이처럼 외톨이로 고립되어 있지는 않았기 때문이다. 배재운 형은 이렇게 이십여 년의 공장 생활을 접고 새로운 출발을 했다. 그렇지만 '버릇처럼' '잠재의식의 한편에서는' '야간작업에 쉴 틈이 없'(「버릇」)는 노동자의 멍에를 벗지 못하고 있다.

3) 아이야, 그건 닮지 마라

가족이 서로 닮는다는 건 너무나 자연스러운 일이다. 그 순박하기 그지없는 배재운 형과 가족들은 서로를 위해주는 마음이 너무나 닮았다.

용돈 좀 벌어야겠다고 / 서너 달만 일해 보겠다며 / 공장에 나가는 아내 / 작업장이 지하실이라 공기도 나쁘고 / 팔이 아파 못하겠다며 / 그만둔다 그만둔다 하더니 / 자고 나면 또 출근한다

―「아내」 일부

이러니 그의 아내는 '일요일도 / 마음 편히 쉬지 못'하고 '끙끙 몸살 앓는 소리를 낸다'(「이런 날은」). '아등바등하던 것들이 골병이 되어 / 한창 나이에도 / 몸으로 날씨를 알아맞추는 아내'(「일기예보」)이다. 가족을 위해, 이 땅의 노동자

이자 아내이자 어머니, 1인 3역을 혼신으로 맡아왔다.

생일날 친구들 불러서 피자도 먹고 햄버그도 먹고 싶지만, '아빠 돈 없어서 그건 안 되겠고 / 짜장면 한 그릇만 사 달라'(「생일 선물」)는, 철 든 초등학생 딸도 있다. 엄마가 몸살이 나자 '꼬맹이들도 걱정되는지 / 슬며시 다가가 / 팔 다리 주무르고 / 토닥토닥 어깨 두들'(「이런 날은」)긴다. 마음 씀씀이 참하고 고운 아이들이다. '한 번 안아 주고 싶어도' 이제는 벌써 '다 커 버'(「벌써」)렸다.

　　용돈이 궁한 아이
　　광고지에 끼어 있는 무료 쿠폰처럼
　　연필로 몇 장 그려
　　엄마 생일 선물로 대신했다

　　설거지 무료 이용권
　　안마 무료 이용권
　　빨래 개비기 부료 이용권

　　부도날 위험이 다분한 약속어음 같은
　　속이 뻔히 보이는 외상 선물
　　그것도 사랑이라 여기며
　　흐뭇해하는 아내에게
　　오늘은 왠지 미안하다

여태껏
뭐 하나 변변하게 해준 것 없이
올해도
말로만 때워야 하는
궁색한 내 모습

아이야 그건 닮지 마라

—「닮지 마라」 전문

아이들이 엄마에게 생일 선물을 마련했다. 돈을 주고 무얼 사온 게 아니다. 연필로 그린 '설거지 무료 이용권', '안마 무료 이용권', '빨래 개비기 무료 이용권'이다. 엄마의 일을 조금이라도 돕겠다는 아이들의 따뜻한 마음이 무료 쿠폰에서 얻은 참신한 아이디어와 만났다. 그걸 받아든 엄마는 아이들의 마음을 읽으며 흐뭇해 한다. 하지만 이 장면을 바라보는 가장은 왠지 미안하다. 여태 아내에게 뭐 하나 변변하게 해준 것 없이 말로만 때운 자신의 모습이 보여서이다. 아이다운 재치로 마련한 선물과 그 선물을 받고 기뻐하는 엄마와 그걸 보면서 미안해하는 가장. 이 세 박자가 어울려 이 시는 따뜻한 울림을 준다. 마지막 행 '아이야 그건 닮지 마라'는 독백은 '아이야 그래도 그 마음만은 간직하자'는 말로도 들린다.

4) 고향, 스러져가는 원형

　도시에서 돈 번다고 고생하다 보면, 자연스레 고향을 생각하게 된다. 그러나 고향의 모습은 크게 바뀌어, 어린 시절의 기억으로 남아 있는 고향은 다시 만날 수 없다.

　까치 우는 소리에
　목을 빼어도
　지나가는 그림자 하나 보이지 않고
　허물어진 돌담 위 무성한 잡초만
　바람결에 웅얼거린다

　개방이다
　세계화다
　허울 좋은 구호들이 쓸고 간 자리

　도시로 공장으로
　꼼짝없이
　아들딸 손자 모두 빼앗기고
　늙은 농부와 빚더미만 남았다

　—「고향은」 전문

　이게 고향의 현주소다. '까치 우는 소리에' 목을 빼고 내다

봐도 '지나가는 그림자 하나 보이지 않고 / 허물어진 돌담 위' 잡초만 무성하다. '도시로 공장으로 / 꼼짝없이 / 아들딸 손자 모두 빼앗기고 / 늙은 농부와 빚더미만 남았다'. 너무나 틀림없는 표현이다. 고향은 아들딸 손자를 모두 '빼앗겼다'. 도시는 돈과 편리함과 허울 좋은 구호로 유혹해서 아들딸 손자를 앗아갔고, 지금은 '늙은 농부와 빚더미'만 남았다. 이보다 더 정확한 표현이 있을까? 둘 말고 남아 있는 게 뭐가 있을까? 환경 파괴와 투기 자본이 부풀린 땅값이 남아 있다고나 할까.

그는 마령재 고갯마루에서, 고추밭에 뛰노는 아이들을 하염없이 바라보는 할아버지 한 분을 만난다. '산 아래 / 마을은 아득한데 / 아이들 소리 반가워서 / 그냥 올라와 봤다고' 중얼거리며, 붉어만 가는 마령재에 노을이 질 때까지 서 있는 할아버지. 이미 아이들을 볼 수 없게 된 농촌. 할아버지를 바라보는 그의 눈시울은 젖는다.

지금 고향은 '일흔 넘은 노인 위해 / 환갑 묵은 청년이'(「효자 마을」) 위안잔치를 벌이는 곳이자, '혼자 사는 미실할매' '서리 솟은 마당에 발자국'(「미실할매」)만 어지러운 곳이다. 그나마 '남의 논도 부치고 / 밭뙈기 얻어 / 배추 심고 / 농협 빚 내서 소도 키우던 / 일보태기 삼술이'(「삼술이」)가 '마누라 집 나가고 / 몇 날을 술로 지새다 / 농약병 들고 / 배추밭'으로 나가 생을 마감하는 곳이다. 이처럼 그가 만난 고향은 그 어디에도 어린 시절 간직했던 원형은 남아 있질 않다. 도시에서 삶과 그립던 고향, 그 어디에도 마음 둘 곳 없는 쓸쓸함이 시편들 곳곳에서 묻어난다.

「강가에서」 같은 시는 배재운 형이 노동자로 살아온 힘든 세월 속에서 닦은 연륜의 맛을 한껏 보여준다. 그는 강가에서 모래 한 줌을 통해, '깨어지고 부서지고, 밀려다니다 / 가슴 가득 품은 열정이나 욕망 같은 것 / 조각조각 / 생살을 도려내는 아픔으로 떨구고야 / 마침내 가진 것 하나 없는 / 거침없는 자유를 얻'는다는 것을 깨닫는다. 이제 그도 '태산처럼 우뚝 서고 싶은 맘 같은 건' 다 버릴 수 있게 되었다. '영글지 못한 꿈 / 하나 둘 내려놓고' 자유로워지는 연륜이 되었다.

그래서 '조금은 그늘진 / 살아온 이력이 그대로 붙어 있는 / 얼굴', 배재운 형의 천성이 그대로 드러난 '맨얼굴이 나는 좋다'(「맨얼굴」). 조금은 그늘진, 살아온 이력이 그대로 붙어 있는 시, 배재운 형의 천성이 그대로 드러난 맨얼굴의 시가 나는 좋다. 멋들어진 장식도 그럴 듯한 포장도 없는, 노동자의 일상을 수수하고 담담하게 풀어낸 형의 시가 주는 진진한 울림을 오래 잊지 못할 것이다.

이제 형의 시가 '남해 해물탕' 배달 오토바이의 시끄러운 소리와 땀내에 실려 내게로 오는 날을 기다린다.

시인의 말

　이십 년간 몸담았던 직장, 구조조정 와중에 희망퇴직을
했다. 고민 끝에 식당일을 시작한 지도 꾀 되었건만, 지금도
그 공장 그 자리에서, 일에 쫓겨 허둥대는 꿈을 꾸곤 한다.
　지난 시간들이 아득한 옛일 같기도 하고 어제 일 같기도
한데, 뇌리에 또렷하게 남아 있는 것은 모두 내가 잘못한 일
이나 도움 받은 일들이다. 늘 고락을 함께 했던 동료들, 못
난 나를 챙겨 준 친구들, 그리고 아내와 아이들에게 뭐 하나
제대로 해준 것 없이, 되레 빚만 지고 살아온 것 같아 부끄
럽다. 남한테 폐 끼치지 않고, 반가운 벗 만났을 때 술 한
잔 나눌 여유만 있으면 된다는 바람, 지금 와서 보니 그것도
욕심이 아닌가 싶다.
　늦게나마, 여태껏 모아 놓는 글들을 다듬고 고쳐 시집 한
권을 묶는다.

2009년 봄

백재운